CW01072470

Henri Caubet

De la fistule vésico-vaginale proposition d'une sonde double-airigne

Thèse présentée et publiquement soutenue à la Faculté de médecine de Montpellier, le 31 août 1838

Henri Caubet

De la fistule vésico-vaginale proposition d'une sonde double-airigne

Thèse présentée et publiquement soutenue à la Faculté de médecine de Montpellier, le 31 août 1838

Réimpression inchangée de l'édition originale de 1838.

1ère édition 2024 | ISBN: 978-3-38509-486-4

Verlag (Éditeur): Outlook Verlag GmbH, Zeilweg 44, 60439 Frankfurt, Deutschland
Vertretungsberechtigt (Représentant autorisé): E. Roepke, Zeilweg 44, 60439 Frankfurt, Deutschland
Druck (Imprimerie): Libri Plureos GmbH, Friedensallee 273, 22763 Hamburg, Deutschland

Faculté de Médecine de Montpellier.

Professeurs.

MESSIEURS :

CAIZERGUES , Doyen.
BROUSSONNET Père , *Exam.*
LORDAT.
DÉLILE.
LALEMAND ,
DUBRUEIL, *Suppléant.*
DUPORTAL,
DELMAS,

MESSIEURS :

GOLFIN,
RIBES,
RECH . PRÉSIDENT.
SERRE,
J.-E. BÉRARD.
RÉNÉ.
RISUEÑO D'AMADOR
ESTOR.

AUGUSTE PYRAMUS DE CANDOLE , professeur honoraire.

Agrégés en Exercice.

MESSIEURS :

VIGUIER,
KUHNHOLTZ
BERTIN, *Suppléant.*
BROUSSONNET fils,
TOUCHY. ,
DELMAS fils.
VAILHÉ , *Examinateur.*

MESSIEURS :

BOURQUENOD,
FAGES, *Examinateu*
BATIGNE.
POURCHÉ.
BERTRAND.
POUZIN.
SAISSET,

La Faculté de Médecine de Montpellier déclare que les opinions émises dans les Dissertations qui lui sont présentées, doivent être considérées comme propres à leurs auteurs, qu'elle n'entend leur donner aucune approbation ni improbation.

DE LA
FISTULE VÉSICO-VAGINALE.

PROPOSITION
d'une sonde double-airigne.

:○○○:

THÈSE

présentée et publiquement soutenue

à la Faculté de Médecine de Montpellier.

LE 31 AOUT 1838,

par Henri Caubet,

de Rodez (Aveiron),

Ex-premier Chirurgien externe à l'Hôtel-Dieu Saint-Éloi de Montpellier, Membre correspondant de la Société de médecine et de chirurgie pratiques de la même ville ;

POUR OBTENIR LE GRADE DE DOCTEUR EN MÉDECINE.

Si l'on s'expose à perdre ses peines, ce doit être
au moins en s'occupant d'un objet utile, afin que la
bonne volonté serve d'excuse, et que les efforts in-
fructueux paraissent encore dignes d'estime.

LORDAT, *Conseils sur la physiologie.*

Montpellier,

Chez Jean MARTEL aîné, Imprimeur de la Faculté de Médecine,
rue de la Préfecture, 10.

1838.

A Monsieur

ANGLADE,

Docteur en Médecine à Rodez.

Je suis heureux de pouvoir vous exprimer toute ma gratitude pour les bontés affectueuses dont vous m'avez toujours prodigué le témoignage.

H. CAUBET.

A LA PLUS TENDRE

DES MÈRES.

A MON FRÈRE.

A MA SOEUR.

Respect, amour, reconnaissance.

H. CAUBET.

DE LA FISTULE

VÉSICO-VAGINALE.

Proposition d'une sonde double-airigne.

La femme, par son organisation spéciale, est
exposée à un grand nombre de maladies ; le rôle
qu'elle est appelée à jouer dans la société la rend
passible d'une infinité de maux, qui, sans compro-
mettre toujours son existence, ne laissent pas de lui
rendre la vie très-amère. Au premier rang on peut
placer l'incontinence d'urine, provenant de la perforation de la vessie du côté du vagin, et qu'on a
assez improprement nommée fistule vésico-vaginale.
Une fistule est constituée par une solution de continuité plus ou moins sinueuse et profonde (1) ; tandis
que, ici, la partie qui en est affectée a tout au plus
deux lignes d'épaisseur. Comme nous n'avons pas
la prétention de créer des noms ; que, d'ailleurs,

---

(1) Dict. des sciences médicales, art. *Fistule.*

le mot fistule vésico-vaginale donne une idée assez exacte de la maladie à laquelle on l'applique, c'est sous cette dénomination, consacrée par l'usage, que nous allons l'étudier.

La fistule vésico-vaginale peut avoir son siége tout près du col de l'utérus ; assez souvent elle est située au col de la vessie, mais le plus souvent elle occupe le bas-fond de ce viscère.

De même qu'elle varie de siége, la fistule peut affecter diverses formes. Elle est rarement longitudinale, c'est-à-dire, parallèle à l'axe du corps; ce genre est exclusivement dû à l'opération de la taille par le vagin. Quelquefois elle est ronde, mais elle ne conserve pas toujours cette forme. Lorsque la femme est assise, le poids de la matrice et des viscères abdominaux, pesant sur la lèvre postérieure, tend à la rapprocher de l'antérieure, et rend l'ouverture transversale; aussi est-ce sous cette forme qu'on la rencontre ordinairement. Elle peut être oblique, ou même offrir la figure d'un croissant dont les extrémités sont tournées du côté du canal de l'urètre (1).

Les bords de la solution de continuité sont rarement réguliers; ils sont en général inégaux, pour ainsi dire dentelés; lorsqu'elle existe depuis long-temps, le pourtour est souvent dur et calleux.

_____

(1) Velpeau, Nouveaux éléments de méd. opérat., vol. 3.

La fistule vésico-vaginale ne présente pas toujours les mêmes dimensions; elle est quelquefois si petite, qu'on a de la peine à y introduire un stylet très-délié, au point qu'il est difficile de la découvrir, malgré le suintement continuel de l'urine par le vagin (1). Chopart a vu des fistules à travers lesquelles il pouvait introduire le doigt dans la vessie (2). Le même auteur et Barnes rapportent des cas où toute la cloison vésico-vaginale était détruite. M. le professeur Lallemand en a consigné plusieurs exemples dans les Archives générales de médecine (3). « Je fus consulté, dit-il, par une femme chez laquelle la moitié postérieure de la cloison vésico-vaginale manquait, à partir de l'utérus; en sorte que la moitié antérieure, libre et flottante, n'eût pu être réunie qu'à la matrice. »

« Quelques jours après, ajoute-t-il, je vis une autre femme, âgée d'environ soixante ans, à peu près dans le même état que la première; .... toute la paroi vésico-vaginale était détruite, ... le canal urétral était oblitéré. »

La hernie de la partie supérieure de la vessie à travers la fistule n'est pas rare, lorsque l'ouverture offre une certaine étendue; le doigt introduit dans

---

(1) Seibold, *journal für Geburtshülfe*, tom. VII, 2ᵉ cahier.
(2) Maladies des voies urinaires, vol. 2, pag. 179.
(3) Arch. générales de médecine, tom. VII, pag. 509.

le vagin rencontre une tumeur arrondie, circon-
scrite et facile à faire rentrer. Le professeur Schmitt
a vu une femme chez laquelle une si grande partie
de la vessie s'était fait jour au-dehors, qu'il put voir
à nu l'ouverture des uretères. M. Lallemand (1) cite
un cas analogue : « Je trouvai, dit ce professeur,
à l'ouverture de la vulve, une tumeur molle et
rouge, du volume d'un œuf, que je repoussai facilement dans le fond du vagin : c'était la surface inférieure de la paroi supérieure de la vessie. Je vis
distinctement l'ouverture des deux uretères, qui lais-
saient filtrer à la surface de cette tumeur rouge une
urine aqueuse, non réunie en gouttelettes, mais
diffuse et comme retenue par des villosités de la
membrane muqueuse. »

Diverses causes peuvent donner lieu à la fistule
vésico-vaginale. Les corps étrangers, venant de l'ex-
térieur, peuvent intéresser la vessie et donner lieu
à l'écoulement continuel de l'urine : c'est ce qui
arrive souvent à la suite de la cystotomie d'après
le procédé de Fabrice de Hilden et de Rousset.
Cet accident peut quelquefois être occasionné par
la ponction de la vessie à travers la cloison vésico-
vaginale. Les pessaires, quand ils séjournent long-
temps dans le canal vulvo-utérin, finissent par
irriter, éroder même les parties qu'ils touchent.

---

(1) *Loco cit.*

Les causes de la perforation de la cloison vésico-vaginale agissent quelquefois de l'intérieur de la vessie vers le vagin; c'est ainsi que des sondes mal fixées ont déchiré la vessie (1).

Les calculs urinaires peuvent souvent devenir causes de fistules. Fabrice de Hilden (2) rapporte l'observation d'une femme qui souffrait depuis deux ans des douleurs atroces, à l'occasion d'une pierre dans la vessie. En l'examinant, ce chirurgien sentit la pierre à nu, avec la sonde et même avec le doigt introduit dans le vagin. Ce corps étranger ayant détruit la cloison formée par l'adossement de la vessie et du vagin, il agrandit l'ouverture, en partie avec le doigt, en partie avec la pointe d'un bistouri; il tira par cette voie une pierre de la grosseur d'un œuf de poule : la malade guérit.

Pour que la fistule vésico-vaginale puisse être produite par un calcul, il faut que ce même calcul soit chatonné, qu'il soit fixé sur la paroi inférieure de la vessie : alors, à la manière de tous les corps étrangers, il enflamme les parties avec lesquelles il est en contact, il les ulcère, et se fait jour au-dehors. Mais tant que le calcul est libre, qu'il n'est pas adhérent, une autre cause est nécessaire pour déterminer l'ulcération du réservoir urinaire.

_____

(1) Répert. génér. d'anat. et de physiol., t. v, p. 281.
(2) Cent. 1, obs. 68.

Tel est le cas rapporté encore par Fabrice de
Hilden (1) : « Une femme accouchée d'un enfant
mort éprouva de vives douleurs au fond de la vessie
et au col de la matrice ; l'urine et les liqueurs qu'on
injectait par la vessie passaient dans le vagin, par
lequel la malade rendit plusieurs petites pierres, qui
furent tirées en partie par son mari et en partie
par Fabrice. Cette malade fut encore parfaitement
guérie. La vessie recueillit et expulsa l'urine comme
si elle n'avait jamais été lésée. »

Ici, la douleur éprouvée par la malade au col
de la matrice et au bas-fond de la vessie, ainsi
que la formation de la fistule, se conçoivent facilement. Pendant l'accouchement, l'enfant comprima
le col de l'utérus et la paroi postérieure de la vessie contre les calculs, qui prirent eux-mêmes un
point d'appui sur les parois antérieures de la vessie
et sur le pubis. Les parties les plus délicates durent
subir l'effet d'un semblable écrasement : de là, la
perforation de la cloison vésico-vaginale.

L'inflammation suppurative, en usant la cloison
qui sépare la vessie du vagin, peut donner naissance à une fistule urinaire. M. George Glen en
rapporte un exemple bien remarquable (2); cependant ces cas sont rares.

(1) Cent. III, obs. 69.
(2) Gazette médicale, N° du 21 janvier 1837.

Les ulcères syphilitiques peuvent détruire, du moins en partie, la cloison vésico-vaginale (1).

Mais de toutes les causes qui produisent la destruction du bas-fond ou du col de la vessie, la plus commune est l'accouchement laborieux. La compression prolongée qu'exerce le fœtus contre la vessie et les pubis, est ordinairement suivie d'escarres gangréneuses qui, par leur chute, ouvrent une nouvelle voie aux urines. M. Lallemand fait remarquer que, dans la plupart des accouchements qui sont suivis de fistule vésico-vaginale, l'enfant vient par les pieds. « La facilité avec laquelle le menton arcboute contre le détroit supérieur, explique assez la fréquence des accidents survenus par ce mode d'accouchement (2). » Des manœuvres obstétricales faites par des mains inhabiles sont fréquemment suivies de la déchirure de la partie du vagin qui correspond à la vessie, et de la vessie elle-même.

De quelque manière que soit survenue la fistule vésico-vaginale, elle est toujours une maladie grave et fort incommode ; elle donne constamment lieu à des accidents fâcheux. Voici la description qu'en fait Chopart (3) : « Du reste, dit-il, la vessie n'est

---

(1) Breschet, Dict. de méd., tom. IX, pag. 147.
(2) *Loco cit.*
(3) Maladies des voies urinaires, tom. II.

presque jamais affectée de gangrène, si ce n'est
dans son bas-fond qui est soumis à une forte pression
de la tête de l'enfant, et qu'elle écrase en quelque
sorte contre les autres parties molles du cercle intérieur du bassin qui subissent la même pression.
Alors il survient dans les parties voisines une vive
inflammation ; la fièvre s'allume, le ventre devient
tendu et météorisé ; les symptômes inflammatoires
se calment, se dissipent ; il se détache du vagin des
escarres gangréneuses, leur chute laisse des ulcères
rebelles et une ouverture plus ou moins grande à la
vessie. La femme est tourmentée de cuissons et d'excoriations boutonneuses aux parties génitales et aux
cuisses. Quelle que soit sa propreté, ces parties
répandent une odeur infecte ; le vagin se remplit de
callosités, de fongosités, il peut devenir carcino-
mateux ; il s'en écoule une humeur sanieuse, d'une
âcreté presque corrosive, et le mal s'étendant aux
parties voisines termine la vie de ces malheureuses
femmes. »

Le détail, que nous donne Delpech, des accidents
qui suivent l'établissement de la fistule, n'est guère
plus rassurant (1). « Le besoin de rendre les urines
ne se fait plus sentir, la vulve et le vagin s'enflam-
ment et fournissent une exudation muqueuse, puri-
forme, plus ou moins abondante ; les soins de propreté

_____

(1) Précis des maladies réputées chirurg., t. 1, p. 638.

les plus assidus, les lotions les plus relâchantes ne
calment point, ou que pour peu de temps, les accidents inflammatoires ; ceux-ci s'étendent à la surface
interne des cuisses, où règne habituellement une
teinte érysipélateuse. En examinant les choses de
près, on voit que la membrane muqueuse du vagin,
le tégument de la vulve ont perdu leur *epithelium ;*
qu'il existe sur ces surfaces des ulcérations nom-
breuses et profondes, et que l'urine y laisse des
incrustations salines adhérentes, dont le nombre est
quelquefois tel, que la cavité tout entière en est
tapissée, de manière à ressembler aux parois d'un
acqueduc. Ces mêmes incrustations s'étendent aussi
quelquefois à la surface interne des cuisses, où elles
s'attachent fortement à la peau et entretiennent l'inflammation de cet organe. »

« Un état aussi fâcheux subsiste quelquefois très-
long-temps; la malade ne saurait faire un pas, soit
parce que l'écoulement de l'urine augmente, soit
parce que les mouvements des membres inférieurs
augmentent les douleurs par les frottements de la
vulve qu'ils occasionnent ; l'attitude couchée sur le
dos ou sur les côtés étant la seule dans laquelle
l'écoulement de l'urine soit un peu modéré, les
fesses, les reins, les hanches, humectés par cet
excrément, éprouvent à leur tour l'irritation inflam-
matoire qu'il occasionne, ou même des ulcérations
profondes; les douleurs constantes, l'atmosphère

ammoniacale dans laquelle la malade est habituellement plongée, donnent lieu à l'insomnie, au dé-
goùt, au dévoiement, et entretiennent une fièvre
hectique ruineuse. L'amaigrissement fait des progrès, il peut devenir extrême, et conduire insensi-
blement à la consomption et à la mort. »

Il s'en faut de beaucoup cependant que, chez toutes
les femmes atteintes de fistule vésico-vaginale, les
désordres soient portés au point de causer la mort.
Chez quelques-unes, lorsque la communication n'est
pas très-étendue, les parties, après avoir offert les
phénomènes d'une vive inflammation, s'affaissent et
se rapprochent, la force rétractive de la cicatrice
diminue de beaucoup les dimensions de l'ouverture,
les bords se crispent, se plissent et peuvent même
parvenir à se joindre, sans toutefois contracter des
adhérences. On a pourtant vu des cas de fistule
radicalement guérie par les seuls efforts de la nature (1). Mais les exemples de semblables guérisons
sont rares, et l'on ne doit jamais s'attendre à une
terminaison aussi heureuse, à moins que la fistule
ne soit excessivement petite. Quand les lèvres de la
plaie se sont rapprochées au point de rester en
contact l'une avec l'autre, les urines sont retenues
pendant un certain temps, leur émission peut être
soumise à l'acte de la volonté ; mais lorsqu'une cer-

---

(1) Fabrice de Hilden, *loco cit.*

taine quantité de ce liquide est amassée dans la
vessie, le besoin de son expulsion se fait sentir d'une
manière très-vive et à des intervalles assez rapprochés. Il est cependant des malades qui peuvent ré-
sister à ce besoin pendant des heures entières. Dans
cette circonstance on voit peu à peu les accidents se
calmer; l'urine passant en moindre quantité par le
vagin, les cuissons diminuent, la rougeur érysipélateuse disparaît en partie, la femme reprend de
l'embonpoint et peut vaquer à ses affaires. Cet état
de choses n'est pas toujours de longue durée; les
rechutes sont faciles et fréquentes; le moindre écart
de régime peut faire éloigner l'une de l'autre les
lèvres de la plaie; en quelques instants ce que la
nature avait mis si long-temps à faire est détruit,
et la malade retombe dans son premier état.

Dès que la cloison vésico-vaginale a éprouvé une
solution de continuité ou une perte de substance,
l'urine, au lieu de suivre sa marche naturelle, au lieu
de s'échapper par le canal de l'urètre, passe directement de la vessie dans le vagin et se fait jour au-
dehors. Elle coule de différentes manières, suivant
que la fistule est placée au col ou au bas-fond de la
vessie. Lorsque la partie la plus basse du réservoir
urinaire est lésée, l'urine descend dans le vagin
immédiatement après être sortie des uretères, elle
sort en bavant et d'une manière continue; si, au
contraire, c'est le col qui est affecté, la malade

peut retenir ses urines pendant plus ou moins long-
temps, pourvu qu'elle reste assise et qu'elle ne
fasse aucun mouvement, parce qu'alors l'utérus et
les organes contenus dans la cavité abdominale
poussent la lèvre postérieure de la fistule, la font
appliquer sur l'antérieure, et forment ainsi une
barrière à travers laquelle le liquide contenu dans
la vessie ne passe que difficilement. Mais pour peu
que la malade change de position, qu'elle tousse,
qu'elle crache, en un mot, qu'elle mette en jeu les
parois de l'abdomen et les viscères que contient cette
cavité, les lèvres de la plaie se disjoignent et livrent
passage à l'urine. Il en est de même quand la malade
est couchée sur le dos ; l'utérus et la vessie tendent
à se mettre sur un plan horizontal, et les bords de la
fistule se séparent.

Lorsque la perforation de la vessie est due à un
ulcère, dans les premiers temps il ne passe que quelques gouttes d'urine dans le vagin ; cette quantité
augmente à mesure que la plaie fait des progrès,
jusqu'à ce qu'enfin l'ulcère ayant acquis une grande
dimension, l'urine s'échappe en totalité par la route
anormale qui vient de lui être ouverte.

Quand l'incontinence est la suite d'un accouchement laborieux, pendant lequel la tète de l'enfant
est restée long-temps enclavée à son passage au
détroit supérieur du bassin, l'urine ne s'écoule pas
immédiatement, à moins que la vessie n'ait été per-

cée par des manœuvres obstétricales mal dirigées :
alors elle sort par le vagin sitôt que la solution est
faite. Mais lorsque la lésion n'est pas due à cette
dernière cause, au lieu d'être expulsée, l'urine est
retenue dans la vessie; l'inflammation développée
dans cet organe s'oppose à son issue, et ce n'est
qu'au bout de quelques jours, lorsque les escarres
gangréneuses se détachent, qu'elle s'échappe tout
d'un coup.

Quoique le diagnostic de la fistule vésico-vaginale
soit en général assez facile, des médecins ont pu se
méprendre sur la cause de l'incontinence, et attribuer
l'écoulement continuel de l'urine à une atonie de la
vessie, maladie que l'on remarque quelquefois après
les accouchements difficiles. Il faut, dans le cas qui
nous occupe, comme dans toutes les affections de la
matrice et du conduit vulvo-utérin, s'aider de tous
les moyens qui peuvent nous fournir quelques lu-
mières; il faut voir et toucher.

Lorsque la fistule a une certaine étendue, une
sonde portée dans la vessie est facilement touchée à
nu avec un doigt introduit dans le vagin.

Ce moyen ne suffit pas quand l'ouverture est très-
étroite ; il faut alors avoir recours au *speculum uteri*,
afin de bien examiner toutes les parties du vagin.
Mais tous les *speculum* ne conviennent pas; celui de
M. Deyber est préférable, en ce qu'il est peu volu-
mineux lorsqu'on l'introduit, et que, ouvert, il

3

permet de voir distinctement toute la cloison vésico-
vaginale.

Chopart a conseillé l'injection d'un liquide coloré
dans la vessie ; la liqueur revenant par le vagin ne
laisse aucun doute sur la cause de l'incontinence.

Pour apprécier le siége, la forme et la grandeur
de la fistule, M. Lallemand se sert d'un cylindre de
bois, d'environ un pouce de diamètre et de plusieurs
pouces de longueur, qu'il recouvre d'un mélange
fait avec parties égales de cire jaune, de diachylum,
de poix et de résine. Ce cylindre étant porté dans
le conduit vulvo-utérin jusqu'au col de la matrice,
la chaleur des parties avec lesquelles il se trouve en
contact échauffe et ramollit cet enduit, qui s'introduit alors dans les anfractuosités de la fistule et
en rapporte en relief la configuration exacte. Il faut,
avant de retirer le porte-empreinte, marquer avec
l'ongle l'endroit qui correspond au méat urinaire :
on a ainsi la profondeur à laquelle se trouve l'ouverture.

D'après ce que nous avons dit de la fistule vésico-
vaginale, en examinant les accidents qui peuvent
l'accompagner, le pronostic doit en être fâcheux. Il
ne faut pas croire cependant qu'elle offre toujours
autant de gravité que tendent à le faire croire les
écrits de Chopart et de Delpech. Lorsque la déperdition de substance n'est pas très-étendue, on peut,
dans quelques cas, espérer de pouvoir rétablir le
cours des urines.

On est loin de croire aujourd'hui, avec Hippocrate, Galien, A. Paré, que les plaies de la vessie sont essentiellement mortelles. On regarde seulement comme funestes les plaies qui intéressent la vessie dans un point où elle est en rapport avec le péritoine; et ici, ce n'est pas la lésion du réservoir qui donne la mort, mais bien la fusion de l'urine dans la cavité péritonéale, et son infiltration dans le tissu cellulaire du bassin.

Nous ne pensons pas, avec Levret (1), qu'après trois mois une fistule soit incurable; on en a vu établies depuis bien plus long-temps, susceptibles d'une guérison parfaite.

Les fongosités du vagin, à moins qu'elles ne soient devenues carcinomateuses, ne sont pas des complications très-graves; elles disparaissent facilement par l'emploi des injections émollientes. Il en est de même des rougeurs érysipélateuses qui affectent les cuisses, elles peuvent céder à un traitement rationnel.

Dans les accouchements laborieux, l'inflammation ne se borne pas toujours à détruire une portion de la vessie; elle s'étend aux parties voisines, et la suppuration peut donner naissance à des brides diversement disposées dans le vagin et porter ainsi obstacle au traitement. Chopart (2) a vu une de ces brides,

---

(1) L'art des accouchements, p. 48.
(2) Loc. cit.

circulaire, représentant assez bien la membrane hymen; il agrandit l'ouverture dont elle était percée, et il reconnut la destruction de la cloison vésico-vaginale au-dessus de ce point. « Il nous est arrivé, dit M. Deyber (1), de prendre la paroi postérieure de la vessie, dont une portion était détruite, pour une valvule circulaire qui se trouvait dans le vagin d'une manière analogue à celle de la membrane hymen; comme il y avait devant cette espèce de valvule une ouverture par laquelle on pouvait faire pénétrer une sonde dans une cavité assez spacieuse, nous avons cru que celle-ci n'était autre chose que la partie supérieure du vagin; mais, au-dessus de cette valvule, la cloison vésico-vaginale était détruite. Il en résultait que le stylet pénétrait dans une espèce de réservoir mi-vagin, mi-vessie, assez semblable à celui qui a été observé par J.-L. Petit. »

Lorsque la déperdition de substance est portée aussi loin que dans les cas rapportés par M. Lallemand; lorsque toute la cloison ou presque toute la cloison est détruite, on ne peut pas rationnellement s'attendre à guérir la malade.

La vessie, cessant d'être distendue par l'urine, diminue de capacité, elle se racornit; et le canal de l'urètre, ne remplissant plus ses fonctions, éprouve les effets qui ont lieu lorsqu'un organe n'agit plus;

_____

(1) Répert. génér. d'anat. et de physiol., p. 293.

sa cavité diminue et finit par former un cordon fibreux semblable à une artère oblitérée. Percy (1) a vu deux femmes chez lesquelles il n'en restait aucune trace.

La fistule recto-vaginale est une complication très-fâcheuse, lorsqu'elle existe conjointement avec la fistule vésico-vaginale; le vagin est alors un véritable cloaque par où s'échappent l'urine et les matières fécales.

Il est possible, dans quelques circonstances, de s'opposer à l'établissement de la fistule. Si, chez une femme en couches, le médecin reconnaît la présence d'un calcul vésical, il peut, en pratiquant l'opération de la taille, prévenir la désorganisation des tissus, qui ne manquerait pas d'être produite par la pression exercée par l'enfant contre le calcul.

Puisque l'incision que l'on pratique au corps de la vessie par le vagin est si souvent suivie de fistule; puisque, d'un autre côté, les fistules transversales sont celles qui guérissent le mieux, ne pourrait-on pas porter l'instrument de droite à gauche, et rendre ainsi les chances de succès beaucoup plus grandes ?

Il est encore un moyen d'empêcher la rupture de la vessie. Les femmes en couches sont quelquefois atteintes de rétention d'urine : il faut avoir le soin

(1) *Loco cit.*

de les sonder : cette mesure bien simple peut prévenir des désordres très-fàcheux.

La gravité des accidents qui suivent ordinairement la fistule vésico-vaginale, les souffrances qu'elle
occasionne, le dégoût qu'elle inspire, non-seulement
aux malades, mais encore à ceux qui les entourent,
auraient dù, ce nous semble, fixer l'attention des
chirurgiens. Mais il est de ces maladies qui, parce
qu'elles ne sont pas communes et qu'elles sont dé-
goûtantes, semblent avoir acquis le triste privilége
d'être négligées : on les déclare incurables, et de ce
que quelques essais qu'on aura tentés n'auront pas
été couronnés d'un plein succès, on se croit en droit
d'abandonner les malades à leur malheureux sort.

Avant Chopart et Dessault on avait bien parlé
de la fistule vésico-vaginale, mais c'était seulement
pour constater que la perforation de la vessie peut
avoir lieu dans telle ou telle circonstance. Ces deux
chirurgiens ont été les premiers à proposer un traitement, et quoiqu'ils aient peu fait pour la guérison
de cette maladie, on leur doit du moins savoir gré
d'avoir attiré l'attention des hommes de l'art sur
une affection que jusque-là on s'était borné à dé-
signer.

L'analogie qui existe entre les fistules urinaires
chez les deux sexes, porta Dessault à appliquer aux
fistules vésico-vaginales les moyens qu'il employait
pour guérir la fistule urinaire chez l'homme. Il

songea donc à rétablir le cours des urines par le canal de l'urètre; mais cela ne suffisait pas, il fallait aussi s'opposer à son écoulement par le vagin. Voici de quelle manière il chercha à remplir ces indications :

Il introduisait dans la vessie une sonde graduellement plus grosse, jusqu'à ce qu'il fût parvenu à en faire pénétrer une d'un fort calibre, et ayant les yeux aussi grands que possible; il la poussait jusqu'à un pouce au-delà de la fistule. Les moyens qu'on avait mis en usage jusqu'à lui pour la fixer, lui parurent insuffisants : il fit construire une espèce de brayer dans lequel se trouvait un ressort en acier; de la partie antérieure et moyenne de ce bandage partait une tige en fer qui se recourbait et se rendait au-devant de la vulve; au niveau du méat urinaire cette tige était percée, et c'est dans cette ouverture que Dessault assujettissait la sonde, qu'il avait le soin de prendre flexible afin que la malade pût mieux la supporter. Ainsi placée, la sonde ne gêne nullement, pas même pendant la progression.

Pour empêcher l'écoulement de l'urine par la vulve et rapprocher les bords de la solution, il enfonçait dans le vagin, soit un tampon de linge, soit un doigtier de peau ou de toile bourré de charpie ou d'étoupes, et recouvert de gomme élastique ou de cire, afin qu'il fût moins perméable à l'urine. Ce tampon devait être cylindrique ou cylindroïde, et assez gros pour remplir le canal vulvo-utérin, sans toutefois le distendre : en l'enfonçant dans ce conduit, on tend à rapprocher le bord antérieur de la fistule du bord postérieur.

Desault ne pouvait guère s'attendre à obtenir de grands succès avec un appareil aussi défectueux ; si, d'un côté, le tampon poussait la lèvre antérieure vers la postérieure, la première étant une fois dépassée, la seconde devait être refoulée en arrière. Cependant Chopart rapporte l'observation d'une femme qui, au bout d'un an de traitement, *paraissait* être guérie.

Lewziski n'obtint pas de meilleurs résultats à l'aide de son procédé, qui n'est qu'une modification de celui de Desault. Son bandage consistait en une ceinture en peau de chamois, fixée au moyen de boucles ; une bande élastique partait de dessus les pubis et allait s'attacher à la partie postérieure de la ceinture. Au niveau de l'urètre, cette bande, doublée en taffetas ciré, portait un petit appareil destiné à embrasser la sonde.

Au lieu de se servir d'un tampon, il bourrait le vagin avec des boulettes de charpie ; il fallait tous les jours enlever cet appareil pour permettre à la malade d'aller à la selle.

Plus tard, on a conseillé des pessaires de diverse nature, tels que ceux de Clarke, qui doivent être en bois ou en argent creux, et percés de petits trous, afin de laisser passer l'urine qu'une éponge placée dans l'intérieur du cylindre absorbe à mesure qu'elle sort de la vessie.

Un chirurgien anglais a proposé l'introduction d'une bouteille en gomme élastique , sur la partie antérieure de laquelle il plaçait un morceau d'éponge qui devait correspondre à l'ouverture fistuleuse.

Ce que nous avons dit du procédé de Desault s'applique à ceux que nous venons d'énumérer ; on ne peut pas en attendre de plus heureux effets. Ces diverses pièces devant être enlevées tous les jours , la cicatrice est continuellement déchirée , en supposant qu'elle ait commencé à se former ; l'éponge , placée sur la bouteille en gomme élastique , a de plus l'inconvénient d'écarter les bords de la fistule , au lieu de les rapprocher. Ces divers appareils ne peuvent être employés que lorsque , toutes les tentatives de guérison ayant été inutiles , on est forcé de s'en tenir à un traitement palliatif.

On ne tarda pas à reconnaître l'insuffisance de la sonde et du tampon , et l'on y renonça pour avoir recours à des moyens plus rationnels. Ce n'est pas assez que de détourner l'urine de la route anormale et de mettre les lèvres de la fistule en contact ; il faut que ces lèvres soient aptes à se réunir, et l'expérience prouve qu'au bout d'un certain laps de temps elles sont dures et calleuses ; on doit donc les convertir en plaie récente, avant de songer à les affronter.

4

Roonhuysen est le premier qui a conseillé d'aviver les bords de la plaie avec l'instrument tranchant, et de les réunir au moyen de la suture entortillée. Pour ce dernier temps de l'opération, il se servait de plumes de cygne. Il est difficile de faire traverser une partie tant soit peu résistante à une substance aussi molle et aussi flexible que le sont ces plumes, et l'on est en droit de douter des succès que l'on prétend avoir obtenus par ce moyen. Il paraît cependant que M. Lallemand s'en est servi une fois avec beaucoup d'avantage.

Vœlter a échoué dans un essai qu'il fit de la suture ; il tenait l'aiguille avec les doigts. On conçoit combien une pareille manœuvre doit offrir de difficultés.

Après avoir rafraîchi les lèvres de la plaie avec des ciseaux ou avec un bistouri particulier, qu'il dirige sur un ou deux doigts introduits dans le vagin, M. Nœgèle procédait à la réunion de plusieurs manières :

Premier procédé. M. Nœgèle introduit dans le vagin une pince, dont il écarte les mors autant que peut le permettre ce canal ; il saisit les deux lèvres de la fistule et les maintient en contact, en rapprochant les branches de l'instrument au moyen d'une vis qui en traverse le manche. L'auteur de ce procédé recommande de ne pas trop serrer les mors, de peur de faire tomber en gangrène les parties qu'elles ont saisies.

Deuxième procédé. Après avoir convenablement rafraîchi les bords, on se sert d'une aiguille ressemblant assez bien à celle de Desault, mais percée près de sa pointe d'un chas, dans lequel on engage un petit ruban composé de plusieurs brins de fil, et terminée à l'autre extrémité par un anneau dans lequel on passe le doigt indicateur correspondant au côté sur lequel on veut opérer. L'indicateur de l'autre main sert à guider l'aiguille et à soutenir les parties qu'elle traverse. On dégage alors les fils que l'on rapproche au moyen d'un serre-nœud, ou bien on les fixe sur le mont-de-Vénus avec des bandelettes agglutinatives.

Troisième procédé. Dans un troisième procédé, M. Nœgèle combine l'emploi de la suture avec celui de la pince unissante.

Quatrième procédé. Il consiste dans l'emploi de la suture entortillée. On se sert d'aiguilles courbes en argent ou en acier doré, qu'on porte dans le vagin avec des pinces à anneau recourbées dans le sens de l'axe du bassin. Une fois les aiguilles posées, on les fixe de la même manière que pour le bec-de-lièvre.

Cinquième procédé. Plus tard, M. Nœgèle proposa un cinquième procédé, qui, comme le précédent, n'a été employé que sur le cadavre. Les points de suture sont portés de la vessie dans le vagin. L'instrument dont on se sert est une sonde analogue à une sonde de femme, mais un peu plus recourbée ;

son intérieur est parcouru par un ressort de montre aigu et percé d'un chas à une extrémité, tandis que l'autre porte un anneau qui sert à le diriger.

Un fil étant passé dans le chas, et la pointe du ressort rentrée dans la sonde, on porte l'instrument dans la vessie, à travers le canal de l'urètre, de la même manière que pour le cathétérisme. Arrivé dans la cavité vésicale, on tourne le bec de la sonde vers les lèvres de la plaie que l'on fait traverser par le dard, en poussant sur l'anneau, du temps que l'indicateur de l'autre main leur fournit un point d'appui. Le premier bout du fil étant dégagé, on fait rentrer le ressort dans la sonde, que l'on tire hors de la vessie. On passe l'autre bout du fil dans le chas, on reporte la sonde dans la vessie, et l'on agit pour la lèvre antérieure comme pour la postérieure. Il ne s'agit plus alors que de fixer les fils.

L'instrument dont se sert M. Deyber, pour poser les points de suture, ne diffère de celui de M. Nœgèle qu'en ce qu'il est parcouru par un dard aiguillé.

M. le professeur Lallemand, voulant porter des points de suture de la vessie vers le vagin, a fait construire un porte-aiguille qui a quelque ressemblance avec les sondes de Nœgèle et de Deyber; c'est encore une sonde recourbée, mais percée à la partie concave et fermée à l'extrémité vésicale. Dans l'intérieur est cachée une petite aiguille courbe, que l'on fait sortir en la poussant au moyen d'une tige qui occupe toute la partie postérieure de la sonde, et la dépasse de la longueur de l'aiguille. La manière de se servir de ce porte-aiguille est la même que pour la sonde à dard de M. Deyber, si ce n'est que l'aiguille, une fois parvenue dans le vagin, est retirée pour être de nouveau placée dans la canule.

M. Erhmann, ayant à traiter une fistule urinaire, se servit, pour pratiquer la suture, du porte-aiguille de M. Roux. Il disposa les fils de manière à leur faire décrire les deux diagonales d'un parallélogramme. Le fil qui traversait la lèvre antérieure à droite sortait par la postérieure à gauche, et *vice versâ*.

Dans un cas de fistule longitudinale, M. Malagodi de Bologne introduisit le doigt indicateur dans le vagin, attira l'une après l'autre les lèvres en-dehors de la vulve, et en fit la résection. Pour placer les fils, il ramena au-dehors les bords saignants de la plaie; et les traversa de la vessie vers le vagin.

M. Roux, se trouvant dans une circonstance semblable, commença par agrandir la fistule en avant et en arrière, après quoi il en réséqua les bords. Pour pratiquer la suture, il se servit de petites aiguilles à staphyloraphie, traînant après elles une petite tige métallique qu'il assujettit avec des fils disposés comme dans la suture entortillée.

Quel que soit le genre de suture qu'on veut em-

ployer, la malade est placée comme pour l'opération
de la taille. M. Velpeau conseille de la faire coucher
sur le ventre, les jambes écartées. Un matelas roulé
est glissé sous l'abdomen ; un aide doit être chargé
de dilater le vagin au moyen d'une gouttière métallique ou en corne.

De prime-abord, la suture paraît d'une facile
exécution ; mais, lorsqu'on a les instruments à la
main, on voit qu'elle est beaucoup plus difficile
qu'on se l'était imaginé. Les parties sur lesquelles
on agit sont toujours profondément placées. On a
rarement à traiter des fistules aussi commodes que
celle qui a été opérée par M. Malagodi. L'opération
pratiquée par M. Roux dura deux heures.

Dans tous les procédés que nous venons de signaler,
on rafraîchit les bords de la fistule avec l'instrument
tranchant ; on les scarifie ou l'on en fait l'excision.
Les scarifications sont difficiles à pratiquer, surtout
sur la lèvre antérieure des fistules transversales.
L'excision agrandit nécessairement l'ouverture ; le
sang masque les parties sur lesquelles on opère, et
si l'opération vient à échouer, on a le triste inconvénient d'avoir aggravé l'état de la malade. Les
caustiques sont préférables au bistouri ; le nitrate
d'argent, porté plusieurs fois sur les lèvres de la
fistule, peut très-bien les raviver, et si l'on ne
réussit pas à l'oblitérer, on a du moins l'avantage
d'en avoir diminué l'étendue.

La théorie de la formation du tissu inodulaire, après les brûlures, donna à Delpech l'idée de toucher les bords de la plaie avec le cautère actuel. Quoiqu'il soit presque impossible de mesurer l'action du fer rougi jusqu'au blanc, le professeur de Montpellier et Dupuytren en ont obtenu les plus heureux résultats dans des cas de fistule très-étroite.

La cautérisation est souvent insuffisante pour fermer des fistules larges. M. Lallemand, frappé du peu de succès qu'on avait obtenu, a proposé un nouveau moyen de réunir les bords de la solution, sans le secours de la suture. L'instrument dont il se sert se compose d'une grosse sonde droite, largement ouverte à son bec, et présentant à peu de distance de cette extrémité deux ouvertures destinées à livrer passage à deux crochets contenus dans son intérieur. Ces crochets sont mis en mouvement par une vis qui sort hors de la sonde, dont le pavillon se termine en bec d'aiguière. Autour du pavillon se trouve un petit bourrelet, sur lequel appuie un ressort à boudin, qui chasse devant lui une plaque d'un pouce de diamètre. Autour du crochet et de la vis est un espace suffisant pour l'écoulement de l'urine.

Avant d'appliquer l'instrument, M. Lallemand ravive avec le nitrate d'argent les lèvres de la fistule, dont il a eu soin de prendre le siége et l'étendue au moyen du porte-empreinte ; il marque, avec une

bandelette de papier collée sur la sonde, la profondeur à laquelle est placée la fistule; alors il introduit
la sonde dans la vessie, les crochets étant cachés et
le ressort à boudin resserré autant que possible.
Lorsqu'elle est assez enfoncée, on fait sortir les
crochets qui vont pénétrer à plusieurs lignes du
bord de la lèvre postérieure, à laquelle le doigt indicateur, introduit dans le vagin, fournit un point
d'appui. L'instrument étant ainsi fixé, on met au-
devant du méat urinaire des plumasseaux de charpie
que la plaque vient comprimer sitôt que le ressort
à boudin est relâché; à mesure que celui-ci se
détend, il pousse en arrière la plaque et toutes les
parties qui se trouvent entre elle et la fistule, tandis
que la lèvre postérieure, amenée en avant, vient se
mettre en rapport avec l'antérieure.

Dupuytren a imaginé une sonde qui a quelque
ressemblance avec celle de M. Lallemand. Au lieu
de deux crochets, il y a deux opercules latéraux,
qui, en prenant un point d'appui sur le col de la
vessie, entraînent son corps en avant. Cet instrument ne peut être d'aucune utilité pour les fistules
du bas-fond du réservoir urinaire.

On trouve, dans la Revue médicale française et
étrangère (1), la description d'un nouveau mode de
traitement de la fistule urinaire, par M. Horner de

_____

(1) Vol. 1ᵉʳ, 1838, pag. 274.

Philadelphie. L'appareil, employé par ce chirurgien, se compose de plusieurs pièces. « Une sonde
en argent, de quatre pouces de long, semblable pour
la forme à une sonde de femme, mais présentant, à
son milieu, une large plaque circulaire, est des-
tinée à être placée dans la vessie. Un autre instrument, fondé sur la même idée que l'éphelcomètre
de M. Guillon, et semblable pour sa construction à
la monture d'un parapluie, réduite à deux branches
coupées au niveau de la deuxième articulation, doit
être introduit dans le col de l'utérus. On peut l'ou-
vrir et le fermer comme un parapluie : ouvert, il a
à la partie supérieure une forme triangulaire, de la
dimension de la cavité utérine; mais, fermé, ce
n'est qu'un cylindre de trois lignes de diamètre.
Dans cet état, on peut sans peine le faire pénétrer
dans la cavité du col utérin. Lorsqu'on l'ouvre, on
est maître de la position de la matrice. Au moyen
du manche de l'instrument, on peut, à volonté,
l'abaisser ou la repousser; en un mot, la diriger en
tout sens.

« Le premier instrument est introduit dans la vessie
par l'urètre; et le second, ouvert dans la matrice.
La vessie est repoussée en arrière par la plaque du
cathéter, et la matrice abaissée au moyen de l'éphelcomètre. La tige de celui-ci est passée à travers
une ouverture de la plaque du cathéter, et fixée
dans une position convenable de manière à être im-

5

mobile. Dans cet état de choses, la matrice vient
boucher l'ouverture qui existe au fond de la vessie,
et il ne reste plus, pour obtenir la guérison, que
de faire adhérer les surfaces tenues en contact. »

Cathérine Hurlez, sur qui on a fait le premier
essai de cet instrument, l'a supporté pendant deux
jours sans en éprouver beaucoup d'inconvénients ;
on fut alors obligé de l'enlever, et la malade ne
voulut pas se soumettre à une seconde épreuve.

Une opération qui fait honneur au chirurgien
qui en a conçu la possibilité, c'est la cystoplastie.
M. Jobert de Lamballe est parvenu à fermer une
fistule vésico-vaginale au moyen d'un lambeau taillé
aux dépens des parties voisines. L'observation qui
se trouve consignée dans le Journal des connaissances
pratiques est trop intéressante pour qu'il soit permis
de la morceler, et nous nous faisons un devoir de la
rapporter textuellement : « La femme est âgée de
30 à 35 ans, d'une faible constitution. Depuis un
accouchement pendant lequel la tête de l'enfant de-
meura plusieurs jours engagée dans l'excavation
pelvienne, elle rendait toutes les urines par le vagin.
Lorsqu'elle entra à l'hôpital Saint-Louis, il y avait
déjà dix-huit mois qu'elle était dans ce fâcheux
état ; la fistule, située derrière le col de la vessie,
était arrondie et offrait un pouce de diamètre ; au
rapport de M. Jobert, elle laissait continuellement
tomber l'urine dans le vagin, de sorte que la mem-

brane muqueuse de ce conduit, celle de la vulve et la peau de la partie supérieure et interne des cuisses, étaient le siége d'une inflammation et d'excoriations qui causaient un prurit et une douleur intolérables.

« M. Jobert eut l'idée de soumettre cette malheureuse femme à l'opération de l'autoplastie; après avoir avivé les lèvres de la fistule, il tailla un lambeau aux dépens des parties molles de l'une des lèvres de la vulve et de la partie voisine du périnée; il traversa le milieu de ce lambeau avec une aiguille armée d'un fil, ramena les deux chefs de ce fil, du vagin et de la fistule vers l'urètre, au moyen de la sonde de Belloc, et les fit sortir par le méat urinaire; il retourna en haut la face saignante du lambeau, et, après l'avoir fait basculer sur le pédicule qui l'unissait encore à la vulve, il le hissa dans l'intérieur de l'ouverture fistuleuse, et le maintint en place avec le fil qui avait servi à le tirer, en le soutenant avec de la charpie du côté du vagin.

« Une sonde fut laissée à demeure pour empêcher l'urine de s'accumuler dans le réservoir, et la malade fut assujétie au régime ordinaire des grandes opérations.

« Au bout de quatorze jours, M. Jobert se décida à pratiquer la section du pédicule du lambeau, époque trop rapprochée pour que les vaisseaux de la cicatrice pussent suffire à la circulation de la partie transplantée : cette section fut promptement suivie du sphacèle de la partie.

« Une nouvelle opération fut sollicitée par la malade et pratiquée peu de temps après ; cette fois le lambeau fut taillé plus épais et plus grand que le premier ; les incisions destinées à le circonscrire furent étendues jusqu'à la région de la fesse, et le pédicule ne fut retranché que trente-six jours après l'opération. L'adhésion de ce lambeau aux bords de la fistule était parfaite et bien organisée ; il restait un léger pertuis qui donnait issue à une petite quantité d'urine, le reste passait par les voies ordinaires. Pour rendre la guérison radicale, M. Jobert tenta plusieurs fois d'oblitérer ce pertuis par la cautérisation avec le nitrate d'argent, mais ce fut sans succès. Alors il se décida à réunir les bords de la fistule par un point de suture ; au bout de huit jours l'agglutination était complète ; le fil et le serre-nœud qui avaient servi à cette opération, purent être enlevés sans le moindre inconvénient, et il ne s'écoulait plus aucune goutte d'urine par le vagin.

« Quatre mois après la sortie de cette femme de l'hôpital St.-Louis, la cicatrice s'est bien conservée, et son état est tout aussi satisfaisant qu'à cette époque ; toutes les urines sortent par l'urètre ; elle éprouve le besoin d'uriner, elle y satisfait à volonté, à des intervalles ordinaires. Le vagin et la vulve sont délivrés des excoriations et des douleurs. En portant le doigt dans le vagin, on sent, sur la paroi antérieure de ce conduit, un tampon gros comme

une pomme d'api, dont la circonférence adhère aux
parties voisines, et à la surface duquel sont implantés des poils, de la couleur de ceux qui ombra-
gent le mont-de-Vénus de cette femme, poils qui
témoignent de l'origine étrangère de cette peau qui
fait désormais partie du bas-fond de la vessie.

« Ce fait important et rare doit être cité comme un
exemple de fistule vésico-vaginale heureusement
guérie par l'autoplastie.

« L'authenticité de cette guérison ne peut être con-
testée, nombre de personnes ont déjà pu s'en assurer ;
mais, pour porter dans tous les esprits une convic-
tion plus grande encore, il aurait fallu injecter un
liquide coloré dans la vessie, et s'assurer s'il ne
venait pas suinter par le vagin ; ces deux espèces de
contre-épreuve mettraient à l'abri de toute erreur.
Dans le cas opéré par M. Jobert, il ne reste aucun
doute, quoique l'on ait négligé de recourir à
ces moyens probatoires. Les observations faites à
M. Jobert portent sur un autre point, à savoir : par
combien d'essais et d'insuccès il est passé avant
d'obtenir une seule guérison ; car une opération qui
ne réussit que très-rarement, on devrait peut-être
la négliger pour se borner aux palliatifs, dès qu'il
n'y a pas imminence de danger de mort. »

Nous ne partageons pas l'opinion de M. Jean-
selme qui prétend que l'oblitération du vagin, pro-
posée par M. Vidal de Cassis, est le meilleur

moyen de guérir la fistule urinaire. Pour peu qu'on réfléchisse sur les suites nécessaires de cette opération, il est difficile de croire que c'est après un mûr examen qu'on l'a pratiquée, et la femme sur qui on l'a essayée doit s'estimer fort heureuse qu'elle n'ait pas réussi.

De tous les procédés mis en usage pour le traitement curatif de la fistule vésico-vaginale, le plus simple est certainement celui qui a été proposé par M. le professeur Lallemand. Ce célèbre chirurgien, a obtenu, quoi qu'en dise M. Velpeau, des succès qu'on ne saurait contester (1). Cependant, quelque ingénieux que soit l'instrument dont il se sert, il offre des inconvénients réels, et son application peut entraîner des accidents fâcheux.

La plaque qui est poussée par le ressort à boudin opère sur la vulve une pression fort incommode et capable d'occasioner du délire. Tel est le cas de Mme Martin de Marseille.

Les crochets qui doivent maintenir les bords de la fistule en rapport, n'agissent que sur la lèvre postérieure; ils sont entraînés au-dehors par une force d'une livre et deux onces. Cette traction, quoiqu'elle soit partagée par la pression exercée par la plaque sur les parties externes, n'en est pas moins très-forte relativement à la résistance de la paroi vésico-vagi-

---

(1) Voir les thèses 107, 1833, et 10, 1834.

nale, et l'on conçoit que cette cloison puisse être facilement déchirée.

La séparation de la vessie d'avec le vagin est quelquefois très-mince ; il peut arriver que si les crochets sont implantés un peu trop en arrière de la fistule, ils feront replier sur eux la partie qui se trouve au-devant ; dès-lors, la muqueuse vésicale se trouvant en contact avec le bord antérieur de la fistule, les deux lèvres se cicatriseront séparément.

Tant que la sonde est en place, la malade doit rester immobile, les cuisses écartées l'une de l'autre ; elle ne peut exécuter aucun mouvement sous peine de voir sa guérison compromise.

Mais ne pourrait-on pas obvier à ces inconvénients produits par la sonde-airigne? Tel est le but que j'ai cru pouvoir atteindre en supprimant la plaque et le ressort à boudin.

L'instrument que je propose et qu'on pourrait appeler *sonde double-airigne* (1), se compose d'une grosse sonde droite, de forme ovalaire, ayant environ quatre pouces de long, cinq lignes dans son plus grand diamètre qui est transversal, et trois lignes et demie dans le plus petit qui est vertical. Le bec est coupé en biseau aux dépens de la partie supérieure, et largement ouvert afin de donner une libre issue à l'urine. Tout près de cette extrémité et à la partie

(1) Voyez la planche qui est à la fin de ce travail.

inférieure, sont pratiquées deux petites ouvertures, longues d'une ligne et larges de moitié, séparées l'une de l'autre par un espace de deux lignes. Huit lignes en avant, du côté du pavillon, sont autres deux ouvertures, de même grandeur que les précédentes et disposées de la même manière. Le pavillon de la sonde est terminé par un petit bourrelet circulaire, auquel est adapté un bec d'aiguière destiné à diriger les urines.

Dans l'intérieur de la sonde sont deux tiges carrées, placées l'une au-dessus de l'autre, portant chacune deux crochets et mises en mouvement au moyen de deux vis d'inégale longueur, dont les boutons sont situés hors de la sonde. Voici quelle est la disposition de ce mécanisme :

La tige inférieure, longue d'environ deux pouces, grosse de deux millimètres, porte, à l'extrémité qui correspond au bec de la sonde, un double crochet articulé avec elle au moyen d'une charnière creusée dans le talon de ce même crochet : ces deux pièces sont fixées ensemble par une goupille. Lorsque le crochet est rentré dans la sonde, il est couché sous la tige ; l'autre extrémité de cette même tige est traversée par un écrou destiné à recevoir une vis, qui de-là se dirige en-dehors à travers le pavillon de la sonde et sort de la longueur d'un pouce. La tige supérieure, de même forme et de même longueur que l'inférieure, porte aussi un double cro-

chet, articulé avec elle de la même manière que
l'inférieure. Ce crochet, lorsqu'il est dans la sonde,
s'allonge sur l'inférieur et le recouvre. La tige qui
le supporte présente à l'autre extrémité un écrou,
dans lequel est reçue une vis qui suit la même
direction que l'inférieure, mais qui est plus longue
qu'elle de quatre lignes.

Les crochets, les tiges et une partie des vis sont
renfermés dans une sorte d'étui, fermé de toutes
parts, placé dans l'intérieur de la sonde dont il
occupe toute la hauteur, depuis le pavillon jusqu'au-
delà des ouvertures postérieures ; de chaque côté se
trouve, entre cet étui et la sonde, un espace vide
en forme de croissant destiné au passage de l'urine,
qui, de cette manière, n'a aucune communication
avec les diverses pièces contenues dans l'intérieur :
au niveau des ouvertures de la sonde, la canule
qui protège le mécanisme est percée de semblables
ouvertures qui doivent livrer passage chacune à un
crochet ressemblant, pour la grandeur et pour la
forme, à une griffe de chat ; du côté du pavillon,
les ouvertures antérieures sont garnies d'un petit
bourrelet, qui force les crochets à se diriger au-
dehors. La partie la plus extérieure est fermée par
une cloison qui est percée de deux trous par lesquels
les vis sortent ; en avant et en arrière de cette cloison, les vis offrent un renflement qui les empêche
d'avancer ou de reculer, de sorte qu'elles ne peu-

6

vent que tourner sur leur axe ; sur la tête crénelée qui termine ces vis est gravée une flèche qui indique dans quel sens on doit tourner pour faire sortir ou rentrer les crochets.

Le jeu de ces diverses pièces est très-facile à concevoir: lorsque tous les crochets sont en entier dans la sonde, ils occupent l'espace compris entre les ouvertures antérieures et postérieures ; chacun d'eux est tourné vers l'ouverture au travers de laquelle il doit passer. Si l'on veut faire sortir les crochets postérieurs, on n'a qu'à tourner la vis supérieure de droite à gauche ; comme elle ne peut que tourner sur son axe, et que la tige, au contraire, n'exécute aucun mouvement de rotation, celle-ci devra fuir du côté du bec de la sonde ; les crochets marchant toujours en arrière rencontreront la paroi antérieure de la cloison postérieure, arcbouteront contre elle et s'engageront dans les ouvertures, en décrivant un arc de cercle d'arrière en avant : l'inverse a lieu lorsqu'on dégage les crochets antérieurs.

Pour l'application de la sonde double-airigne, on devra se comporter comme s'il s'agissait de la sonde de M. Lallemand. Après s'être assuré du siége de la fistule au moyen du porte-empreinte, on collera une bandelette de papier sur la sonde, mais à trois ou quatre lignes seulement en avant du point marqué avec l'ongle. La sonde étant introduite dans la vessie, jusqu'à ce que le méat urinaire soit en contact avec la bandelette de papier, il est évident que les crochets postérieurs seront en arrière du bord de la lèvre postérieure, de la distance de trois ou quatre lignes ; en tournant alors la vis supérieure de droite à gauche, les deux crochets pénètreront dans la cloison vésico-vaginale, à laquelle un doigt introduit dans le vagin devra fournir un point d'appui ; cela fait, l'opérateur tire doucement la sonde en-dehors, jusqu'à ce qu'il ait reconnu que les lèvres de la fistule sont affrontées ; alors un aide fait tourner la vis inférieure de gauche à droite, et les crochets percent la paroi vésicale à trois ou quatre lignes en-deçà du bord antérieur de la perforation.

Ainsi fixées, les pointes des crochets sont en face les unes des autres ; elles n'ont entre elles qu'une distance de deux lignes, et représentent assez bien deux points de suture.

La sonde double-airigne offre, ce me semble, des avantages incontestables, en ce qu'elle n'exerce aucune pression sur les parties génitales externes, que le contact des urines a rendues très-sensibles.

Les crochets opèrent sur les deux lèvres une traction égale, tandis que, avec l'instrument de M. Lallemand, la postérieure seule est tiraillée, l'antérieure n'étant nullement assujettie.

Les bords de la plaie ne pourront pas se doubler ; ils sont exactement embrassés dans l'espace compris entre les crochets.

La malade pourra rapprocher les cuisses, beaucoup plus que ne le permet de faire la plaque de la sonde-airigne.

Maintenant la pratique répondra-t-elle à la théorie? La sonde double-airigne rendra-t-elle les services qu'on semble être en droit d'en attendre? L'expérience seule peut prononcer.

Il est des cas de fistule vésico-vaginale tellement malheureux qu'il n'est pas possible de songer à la guérir; on peut tout au plus diminuer les souffrances de la malade; c'est alors qu'il faut employer le traitement de Desault et les divers pessaires qu'on a conseillés: la femme devra changer souvent de linge, faire des injections émollientes; elle pourra porter sur elle une eau aromatique, afin de masquer la mauvaise odeur qu'elle répand.

Avant d'entreprendre l'opération, on soumettra à un traitement général les femmes atteintes de fistule causée par le virus syphilitique.

L'incontinence d'urine provenant d'une ulcération cancéreuse est incurable comme la cause qui l'a produite. Le traitement ne peut être que palliatif: on se bornera à faire des injections émollientes et narcotiques; en un mot, on mettra en usage tous les moyens propres à diminuer les douleurs auxquelles la malade est en proie, et à lui rendre le temps qu'il lui reste à vivre moins insupportable.

PROPOSITIONS.

SCIENCES ACCESSOIRES.

*Définir les corps naturels désignés comme électriques,
anélectriques, conducteurs et non conducteurs.*

Tout corps est électrique.

On appelle bons conducteurs, les corps qui, se
laissant facilement pénétrer par l'électricité, ne la
conservent pas et la communiquent rapidement aux
corps qu'on leur présente : tels sont les métaux, le
charbon de bois, les dissolutions salines, etc.

Les corps non conducteurs sont ceux chez lesquels le fluide électrique se propage lentement,
mais qui le retiennent; ils le cèdent très-difficile-
ment quand ils en sont chargés. Parmi ceux-ci l'on
remarque la soie, les résines, le soufre, le verre,
l'ivoire, etc.

ANATOMIE ET PHYSIOLOGIE.

Quel est le mode de formation, de développement et de nutrition des cartilages diarthrodiaux?

Dans les premiers temps de la vie intrà-utérine tous nos organes sont confondus; ils forment une masse homogène, amorphe, où n'existent encore que les tissus primitifs. Ce n'est que plus tard, à une époque difficile à déterminer, lorsque les vaisseaux commencent à charrier de la gélatine, que l'on peut voir, à travers la demi-transparence du corps, les premiers linéaments des cartilages qui doivent devenir osseux; bientôt après, le parenchyme de nutrition se pénétrant de plus en plus de gélatine, le mode primitif de cartilaginification est achevé, mais les cartilages diarthrodiaux sont encore confondus avec le cartilage osseux.

Dans le fœtus, la proportion d'eau dominant toutes les autres parties qui constituent le cartilage, celui-ci est d'une mollesse et d'une viscosité remarquables. Mais à mesure que le cartilage osseux s'incruste de phosphate de chaux, incrustation qui a toujours lieu pour les os longs de la partie moyenne vers les extrémités, les cartilages diarthrodiaux reçoivent une plus grande masse de gélatine, de telle sorte que, lorsque l'ossification est achevée, ils offrent tous les caractères qui servent ensuite à les faire distinguer. Dans l'enfant, ils sont mous, transparents et très-peu élastiques ; ils deviennent ensuite blancs, fermes, opaques, très-élastiques. Dans la vieillesse, la quantité d'eau ayant diminué, ils sont plus durs, plus secs, plus cassants ; jamais cependant ils ne s'incrustent de phosphate calcaire.

Il est difficile d'expliquer le mode de nutrition des cartilages diarthrodiaux. En les voyant sans cavité, sans canaux, sans communication vasculaire, du moins apercevable au microscope, d'un côté avec les os, de l'autre avec les membranes synoviales, on serait tenté de les regarder, avec M. Cruveilhier, comme des corps inorganiques ; cette opinion serait plausible, si des actes vitaux développés par des circonstances pathologiques ne s'élevaient contre elle : toujours est-il que l'action organique de nutrition y est très-lente. L'usage de la garance ne les colore pas, ils jaunissent dans l'ictère.

SCIENCES CHIRURGICALES.

Quelles sont les causes locales qui peuvent retarder ou entraver la consolidation des fractures ?

Réduire les fragments dans leur situation primitive, les maintenir ainsi replacés pendant tout le

temps nécessaire à la consolidation, telles sont les
conditions indispensables pour la formation du cal;
il faut en outre que les fragments jouissent d'assez
de vie.

Les fragments d'une fracture se trouvent en vain
dans les conditions les plus favorables pour la réunion, si du 20e au 40e jour ils ne sont pas tenus
dans une immobilité parfaite.

Lorsque, la réduction ayant été impossible, les
deux bouts de l'os ne se touchent que par leur surface latérale, la consolidation devient très-difficile,
elle se fait avec une lenteur extrême.

Les pansements trop rapprochés sont un obstacle
à la formation du cal; les mouvements qu'on im-
prime à la fracture en retardent singulièrement la
guérison.

Il est des cas où l'un des fragments jouit de très-
peu de vie. Dans les fractures du col de l'humérus et
du fémur, l'exudation plastique versée par le bout
inférieur, ne pouvant directement le faire adhérer
au bout supérieur, se répand autour de celui-ci et
l'enveloppe d'une espèce de coque osseuse qui ne
se forme que lentement.

Quelquefois aussi cette réunion n'a pas lieu, et
le fragment supérieur incapable de contracter des
adhérences avec l'inférieur est absorbé; les parties
voisines s'endurcissent, s'ossifient et le remplacent,
quoique assez mal, dans ses fonctions.

SCIENCES MÉDICALES.

Du diagnostic, des causes de la méningite
et de son pronostic.

Les symptômes de la méningite, ou inflammation
des méninges, sont loin d'être toujours les mêmes.
Dès le début, le malade éprouve ordinairement du
dégoût, de la soif, du malaise ; il est hargneux,
inquiet, il éprouve de la céphalalgie qui n'offre
pas toujours les mêmes caractères. La douleur peut
être sourde, vive, poignante ; tantôt c'est la sen-
sation d'un poids lourd sur la tête, d'une forte
pression faite par un bandeau ; tantôt c'est la tête
qui est serrée comme dans un étau. Le moindre
mouvement occasionne des douleurs atroces ; la
peau devient chaude, brûlante ; les yeux sont lourds,
sensibles à la lumière ; la conjonctive est injectée ;
le regard est fixe, menaçant ; la pupille peut être
contractée ou dilatée et rester dans cette position.
Le délire ne tarde pas à survenir ; il est toujours
bruyant ; le malade se livre à des emportements,
il pousse des cris, il tient des propos incohérents,
ou il rit aux éclats ; si quelquefois il peut s'endormir,
le sommeil est interrompu par des rêves effrayants,
le pouls est dur et vibrant, l'on observe des nau-
sées, des vomissements. Tout cet appareil de symp-

7

tômes diminue d'intensité vers le cinquième ou le sixième jour, lorsque la maladie doit se terminer par la résolution. Lorsqu'elle doit, au contraire, se terminer d'une manière funeste, le malade éprouve des frissons irréguliers, des syncopes, des soubresauts dans les tendons; la sensibilité s'émousse, une sueur froide et gluante couvre la figure et la tête, la langue est sèche et tremblante, le pouls inégal, la motilité s'éteint et la mort vient mettre un terme à ces souffrances.

Un grand nombre de ces symptômes est commun avec l'encéphalite; les signes propres à la méningite sont la céphalalgie vive, le délire bruyant, l'injection de la conjonctive, les yeux brillants et fixes, le pouls dur et vibrant, enfin les convulsions.

Récamier (1) distingue plusieurs variétés de méningite, les principales sont :

1° Céphalalgie, puis délire, et ensuite retour à la santé, ou assoupissement et mort ;

2° Céphalalgie, puis rétablissement ou assoupissement mortel sans que le délire soit venu ;

3° Délire sans céphalalgie préalable, et ensuite retour à la santé ou mort ;

4° Assoupissement graduel ou subit, mort sans céphalalgie ni délire préalable.

Les causes de la méningite sont variées et nom-

---

(1) Dict. des sc. méd., art. *Arachnoïdite.*

breuses; les coups, les chutes sur la tête, les passions tristes, l'insolation, l'abus des boissons alcooliques, peuvent donner lieu à l'inflammation des méninges. Elle est souvent sympathiquement liée avec la phlegmasie de plusieurs autres membranes séreuses, des synoviales. On la rencontre souvent dans la péripneumonie. Les enfants y sont très-sujets. Elle y règne quelquefois d'une manière épidémique dans certaines saisons de l'année.

La méningite ne doit pas inspirer de grandes craintes quand les symptômes offrent peu d'intensité. Mais il n'en est pas de même lorsque tous ces symptômes sont réunis et que ceux de l'inflammation du cerveau et de l'hémorrhagie cérébrale viennent s'y joindre. La méningite qui survient pendant le cours ou à la fin des maladies de la plèvre, du poumon, des organes digestifs, est très-souvent funeste. Lorsqu'elle dépend de la métastase, de l'inflammation de l'un de ces organes, elle se termine rarement par le retour à la santé.

Fin.